Los libros de la colección **¡Me gusta leer!**® han sido creados tanto por reconocidos ilustradores de libros para niños como por nuevos talentos, con el propósito de infundir la confianza y el disfrute de la lectura en los pequeños lectores.

Queremos que cada nuevo lector diga: "¡Me gusta leer!"

Puede encontrar una lista de otros libros de la colección ¡Me gusta leer!® en nuestra página de internet: HolidayHouse.com/MeGustaLeer

PERRO Y PERRITO

Bernice Myers

¡Me gusta leer!®

¡Me gusta leer! is a registered trademark of Holiday House Publishing, Inc.

Text and illustrations copyright © 2020 by Bernice Myers
Spanish translation copyright © 2023 by Holiday House Publishing, Inc.
Spanish translation by Alexandra Aceves
Originally published in English as *Dog Meets Dog* in 2020.
All Rights Reserved
HOLIDAY HOUSE is registered in the U.S. Patent and Trademark Office.
Printed and bound in March 2023 at C&C Offset, Shenzhen, China.
The artwork was created with art markers and cut paper.
www.holidayhouse.com
First Spanish Language Edition
1 3 5 7 9 10 8 6 4 2

Library of Congress Cataloging-in-Publication Data

Names: Myers, Bernice, author. | Aceves, Alexandra, translator.
Title: Perro y perrito / by Bernice Myers ; Spanish translation by Alexandra Aceves.
Other titles: Dog meets dog. Spanish | I like to read (New York, N.Y.). Spanish.
Description: First Spanish language edition. | New York : Holiday House, [2023] | Series: ¡Me gusta leer! | Audience: Ages 4-8. | Summary: "Big Dog and Little Dog meet, become friends, and have adventures together"-- Provided by publisher.
Identifiers: LCCN 2022059847 | ISBN 9780823455829 (trade paperback)
Subjects: LCSH: Dogs--Juvenile fiction. | Friendship--Juvenile fiction. | Snow--Juvenile fiction. | CYAC: Spanish language materials. | Dogs--Fiction. | Friendship--Fiction. | Snow--Fiction. | LCGFT: Readers (Publications)
Classification: LCC PZ73 .M937 2023 | DDC [E]--dc23

ISBN: 978-0-8234-5582-9 (Spanish edition)
ISBN: 978-0-8234-4451-9 (English hardcover as *Dog Meets Dog*)

Un día, **PERRO** y PERRITO se conocen.

—Sé mi amigo
—dice **PERRO**.

—¿Qué es un amigo?
—dice PERRITO.

—Los amigos se divierten juntos —dice **PERRO**.

—Podemos tomar un tren
para ir juntos al zoológico.

—O un autobús…

...para ver los barcos.

—¡O un cohete a la Luna!
¡SÍ!

—Mira, **PERRO**, está nevando —dice PERRITO.

PERRO corre a casa a bañarse.

PERRITO va a ponerse botas.

Quiere jugar en la nieve.

¡Ay, no!
PERRITO se cae.

¿Puedes verlo?

—**¡GUAU! ¡GUAU! ¡GUAU!**

—ladra PERRITO.

PERRO oye a PERRITO.

PERRO busca a PERRITO.
¿Podrá encontrarlo?

PERRITO está bien.

Al día siguiente no hay nieve.

Los amigos se encuentran en el parque.

—Vamos a divertirnos —dice **PERRO**.
—¿Tomamos el tren?

—Hace mucho ruido
—dice PERRITO.

—¿Tomamos el autobús?
—dice **PERRO**.

—Hay muchos
baches —dice **PERRITO**.

—¿Tomamos un cohete a la Luna? —dice **PERRO**.

—Está muy lejos —dice **PERRITO**.

—¡Vamos por helado! —dicen.

¡Me gusta leer!®

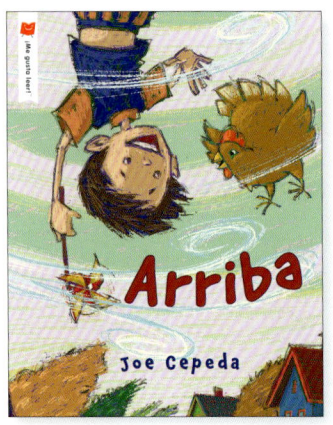
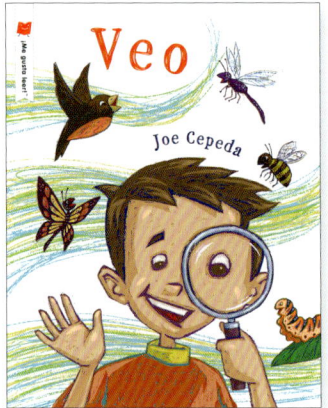
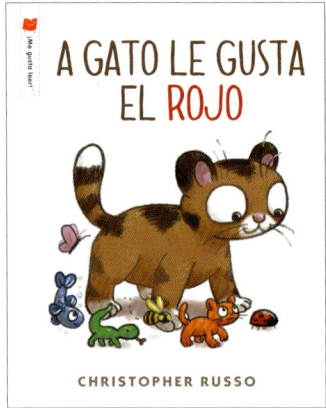

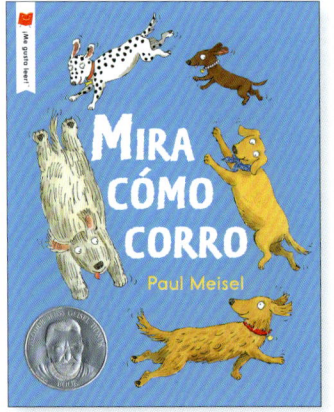
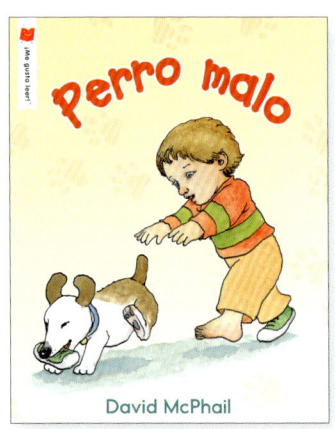
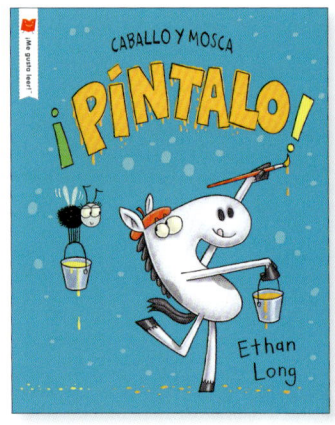

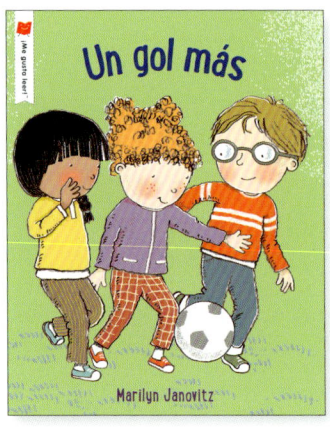
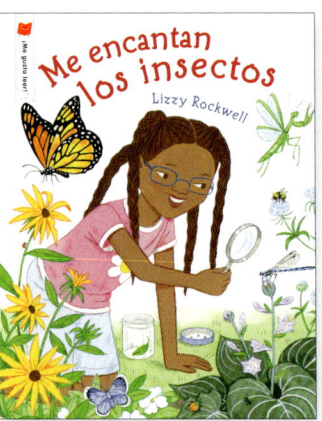